Citim. Stim.

AF354593

ANTONIU SÎNTIMBREAN

Printre stele

POEME

Ediţia a II-a, revizuită şi adăugită

NICULESCU

Valoarea timbrului literar este 2% din preţul de vânzare şi se adaugă acestuia.
Sumele se virează la Uniunea Scriitorilor din România,
cont nr. RO44 RNCB 5101 0000 0171 0001, sucursala BCR Unirea.

Descrierea CIP a Bibliotecii Naţionale a României
SÎNTIMBREAN, ANTONIU
  Printre stele : poeme / Antoniu Sîntimbrean. - Ed. a 2-a, rev. şi adăug., -
Bucureşti : Editura Niculescu, 2022
  ISBN 978-606-38-0679-7

821.135.1

© Editura NICULESCU, 2022
  Bd. Regiei 6D, 060204 – Bucureşti, România
  Telefon: 021 312 97 82; Fax: 021 314 88 55
  E-mail: editura@niculescu.ro
  Internet: www.niculescu.ro

Comenzi online: www.niculescu.ro
Comenzi e-mail: vanzari@niculescu.ro
Comenzi telefonice: 0724 505 380, 021 312 97 82

Tehnoredactor: Lucian Curteanu
Coperta: Carmen Lucaci

ISBN 978-606-38-0679-7

Editura NICULESCU este partener şi distribuitor oficial **OXFORD UNIVERSITY PRESS** în România.
E-mail: oxford@niculescu.ro; Internet: www.oxford-niculescu.ro

Dedic această carte prietenului meu drag,
Costin Glăvan, prea repede trecut în neființă.

Costin nu mi-a fost doar un prieten drag,
ci și editorul meu, o mare parte dintre poeziile
din acest volum au fost revizuite de el.

Prieten drag, moartea ta m-a întristat teribil,
de aceea am ales să dau viață acestui volum
pe care mă îndemnai de mult să îl public!

CUVÂNT-ÎNAINTE

Poezia – o respirăm, o îmbrăţişăm şi ne învelim cu ea atunci când viaţa aruncă săgeţi de gheaţă. Mi-aş face provizii, aş lua la pachet un poet, care să mă aline, care să mă încurajeze când plâng sau când tânjesc. Ştie cineva vreo aplicaţie de unde pot face rost de unul? Un uriaş blând, dar energic, sensibil, dar hotărât.

Mi se şopteşte că nu am şanse. Cine îşi mai pune astăzi sufletul pe tavă? Societatea modernă îşi cere jertfa: preţul prosperităţii şi al succesului este negarea sentimentelor. Iar atunci când cineva părăseşte matricea, o face sub protecţia unui pseudonim.

Aşa l-am cunoscut pe Antoniu Sîntimbrean. Educat în spiritul „big boys don't cry", a căzut şi s-a ridicat, a fost lovit şi a luptat. A ajuns un lider respectat, iar latura sa sensibilă a protejat-o cu grijă, publicând poezii sub pseudonimul Toni SAO. Aşa a câştigat timp şi a reuşit să crească în plan artistic, creaţia sa maturizându-se.

Astăzi a înţeles că în spatele fiecărui bărbat de succes se află un suflet delicat, că prosperitatea şi succesul sunt de partea celor care ştiu ce este empatia, a celor care nu văd o slăbiciune în sensibilitate, a celor cărora nu le este frică să-şi exprime sentimentele.

Mulţumesc, Antoniu, pentru un volum care şterge lacrimi, redând speranţa zilei de mâine!

Profesor Gabriela Muntean

IUBIND DESCULŢI PRIN PLOAIE

Când norii negri pier plângând,
Eu stau ascuns în noapte,
Ca un hoinar, desculţ, flămând
Ce s-a pierdut în şoapte.

Pe cerul negru scânteind,
Văd Luna cum apare,
Apoi văd stelele bârfind,
Şi dragostea ce-mi moare.

Picuri de apă ce-au căzut,
Acuma curg şiroaie,
Cu-n vuiet scurt, neabătut,
Ce inima-mi îndoaie.

Din râuri mici, ce curg uşor,
Un lac creşte în vale,
La fel cum creşte al meu dor
De mult proptit în zale.

Sunt ceruri pline de mister.
În inima-mi de piatră,
Şi gânduri fără caracter
Ce ard ca într-o vatră.

Ca picurii ce cad scobind
În pietre pe hotare,
Sunt vise ce le văd plutind,
Dar fără-o alinare…

Sunet de tobe-aud în cer,
Lumini ce pier în zare,
Gânduri ținute în eter
Și-un suflet care moare…

SPERANŢA OMULUI DE PAIE

Eu sunt un om de paie.
Iubirea e o cioară…
La unii înfloreşte,
Pe mine mă omoară.
Iubirea e o nimfă,
Trăirea, un păcat.
La tine înfloreşte…
Pe mine m-a uitat!
La tine văd cum râde,
Pe mine m-a lăsat,
Iubirea asta hâdă,
Născută din păcat.
Iubirea e o floare,
Mireasma ei, un dar,
O vezi cum înfloreşte,
Dar mâine moare iar…

VOI, PRIETENI DRAGI

Rupe vântu-n zori de zi
Pomii verzi, brazii pustii.
Bate ploaia neagr-a nopții,
Patul meu și gândul morții.

Strigă-n codrii palizi Luna,
C-a căzut din cer nebuna,
Încercând ca să oprească,
Ziua neagră, nefirească.

Cântă cucu' dimineții,
Despre clipa grea a vieții,
Cântă buha-n zori de zi,
C-au murit niște copii…

Bate gongul nedreptății
În ograda libertății
Aducând nenorocirea,
Lacrimi reci… apoi pieirea.

Soarele când a apus
Cerul roșu l-a răpus,
A plantat în holdă maci
Să vă văd, voi prieteni dragi.

13

Când mă uit spre cer pustiu,
Florile cad pe sicriu.
Vocile se contopesc,
Visele vi le zdrobesc.

Privesc al Soarelui apus
Şi văd cum toţi cei dragi s-au dus.
Mă uit la cerul infinit
Şi mă întreb „de ce-au murit?".

În doar o clipă au plecat
Şi-n raiul sfânt ei au călcat,
De-acolo stau şi ne zâmbesc…
Voi, prieteni dragi… eu vă iubesc!

DRUMUL IUBIRII

Vin la tine
Tot de la tine.
Plec de la tine
Tot la tine.
Ajung la tine
Tot de la tine.
Plec de la tine
Tot la tine
Căci toate drumurile mele
Duc către tine…

CONSOLAREA BERII

Bate vântul sensul sorții
Ce apare-n calea morții.
Bate vântul vraja serii
Ce mă dă pe mâna berii.

Bate umbra grea a Lunii
Parcul unde stau nebunii.
Bate ceața neagr'a vieții
Sticlele și epoleții.

Bate ciuma gongul morții
Petru stă în fața porții.
Bat cu carte-analfabeții
Chipul alb al tinereții.

Bate gândul rău al firii
Azi în poarta omenirii,
Bate gongul strălucirii
Clipa grea a înrobirii.

Bate ploaia neîmplinirii
Visul meu și trandafirii.
Bate tunu' negru-al vieții
Muștele ce-ating pereții.

ABIS

Bat la porţi care se-nchid,
Le văd cum se destramă,
Visul se transformă-n vid,
Iar viaţa într-o dramă.

Mă uit în sufletu-mi de plumb
Ce nu mai are viaţă,
Mi-e inima numai un bumb
De piept legat cu-o aţă.

În noapte singur, tremurând,
Privirea ta apare,
O văd în vise devorând
Şi încrederea-mi dispare.

Gânduri pustii mă cheamă în visare,
La gură fac baloane de săpun,
Mi-e viaţa toată o-nchisoare
Şi toate simt cum mă răpun...

Sunt singur pe acest pământ,
Iar doru-ţi mă doboară,
Şi mă aruncă în mormânt,
Şi visele-mi omoară.

TU EŞTI SOARELE MEU

Când Soarele palid a apărut dintre nori
Aducând după el, mii de culori,
Umbrele triste au început să dispară,
Iar lipsa ta a încetat să mai doară.

Când Soarele cald a apărut printre ciori
Pe colina cea verde plină de maci şi de flori,
Omul de paie a început să tresară,
Şi dragostea ta a început să răsară.

Când Soarele mândru a răsărit pe cer,
În codrul cel verde şi plin de mister,
Dragostea ta am văzut-o plutind,
Iar pe tine, agale pe potecă venind.

Când Soarele lin a apărut între noi
În toamna pustie cu frig şi cu ploi,
Aducându-mi căldura după care tânjesc
Şi zâmbetul tău ce mult îl iubesc!

MÂINE TRĂIESC IAR

Păşind agale spre infinitul anost
Al exuberanţei duse la extrem,
Mă împiedic de colţii răului
Ancoraţi în pereţii zgrunţuroşi
    ai sicriului în care singur păşesc.
Ca un piron bătut în inima unui vampir
Frica îmi încolţeşte în sufletul amar
Înlocuind căldura cu un soi de frison,
Scăldat într-o mare anostă de gheaţă.
Inima mea nu mai e ce era odată,
    acum este ştearsă, fără nicio vibraţie;
Ca o văpaie care devorează
    ultimul gram de oxigen,
Ştiind că în secunda următoare, o să moară.
O moarte ca un răsfăţ, o izbăvire,

O evadare târzie dintr-o lume de vis.
O lume de vis, cu vise care nu pot fi
    controlate,
Cu zile… mai mereu înghiţite de noapte.
Ca o plută care pluteşte în derivă într-un
    ocean infinit de disperare.
Închin un ultim pahar cu soarta
    de care mi-e scârbă,

Singur într-o lume în doi
        mă arunc în abisul visării veșnice,
Apoi, ca o lumânare care se stinge, mor!
Sunt mohorât, dar am scăpat;
Am scăpat!
Azi mor,
Dar mâine trăiesc iar!

TERAPIE CU NOROI

Eu încerc să privesc înainte,
Dar dragostea ta mă trage înapoi;
Încerc mereu să mi te scot din minte,
Dar amintirea ne face să fim amândoi.

Eu încerc să găsesc cale spre tine,
Dar găsesc mereu ruptura din noi
Şi sângele trist îmi curge prin vine,
Căci inima mea s-a aprins de nevoi.

Eu încerc să fac doar ce e bine,
Încerc să repar ce-a fost între noi,
Dar mă trezesc mereu departe de tine
În lumea cea oarbă, cufundat în noroi.

Eu încerc să te-întorc cu fața spre Soare,
Dar tu te pierzi mereu printre nori.
Mă trezesc în noapte că-ți scriu o scrisoare,
Dar simt cum mă cufund mai mult în erori.

UN SUFLET DE PLEU

Măreţia luminii din suflet se-arată
Când inima suplă apare deodată
Şi dragostea pură din corpu' efemer
Exultă în clipa când apari tu pe cer.

Grandoarea culorii din mine se-arată
Ca vântul cel sprinten ce norii-i dezleagă,
Ca pasărea tristă ce cântu-şi revarsă
În codrul cel putred din inima noastră.

Flacăra vie ce-ţi arde în faţă
Mi-e luminiţa albastră ce drumu' mi-arată,
Iar zâmbetul tău, ca un surâs de pleu,
Mă face să zbor pe cer ca un zmeu.

Adierea cea lină ce acum se revarsă
E ca o infuzie de dragoste în masă,
Iar dragostea pură ce părea înecată
Va ajunge la mal ca o plută stricată.

Ceasul cel sprinten acum stă în loc
Şi inima mea e cuprinsă de foc,
Şi timpul cel acru acum s-a oprit,
Şi inima mea, căci pe tin' te-am zărit.

Universul cel mare şi fără sfârşit
Tăinuieşte o dragoste la infinit,
Iar stelele lucii presărate pe cer
Zburdă pe boltă lăsându-mă-n ger.

Iluzia trăirii pe cer ca un zmeu
Se spulberă-ndată ca un clişeu,
În clipa în care al tău zâmbet de pleu
Face'al meu suflet al dracu' de greu…

COPIE NE-COPIATĂ

Tot ce scrii în astă lume
Fără loc şi fără nume
Poate este scris, deja
Pe-un caiet pe undeva.

Nu-i uşor a scrie versuri
În care încerci a spune
Ale tale gânduri multe
Ce-n lume au să răsune.

Orişicât ai încerca,
Să scrii şi n-oi putea
Să faci versuri, noi şi bune,
Făr' să semene la nume.

TASTELE UITĂRII

Mi-e dor de infinitul vocii tale,
De tresăririle și clipele de-amor,
De buzele-ți roșii ca două petale
De zâmbetul ce ți-l ador.

Mă pierd prin vidul uitării
Ca un licurici prins de răsărit,
Singur într-o lume a divinizării,
Înconjurat de toți și de toți părăsit.

Mi-e dor de nopțile senine
Când ne plimbam neabătuți,
Privind la stelele divine
Și așteptând să mă săruți.

Corpul mi s-a transformat în închisoare,
Iar inima îmi plânge nevăzut,
Pe față mi se văd zâmbete care
În suflet sunt de necrezut.

Mi-e dor să-mi fie dor de nerăbdare,
Când inima îmi galopa neîntrerupt
În suflet n-aveam nicio apăsare
Apoi ceva între noi s-a rupt.

Mi-e dor să ne-auzim bătând la tastatură
De nopțile când așteptam să îmi răspunzi,
De dragostea ce ți-o purtam fără măsură
Eu te iubesc, dar tu te-ascunzi…

SCÂNTEIA IUBIRII

Când lumea toată e a ta,
Nu am decât privirea
Ce oglindeşte în vraja sa
Splendoarea-ţi şi iubirea.

Obrajii palizi se-nroşesc,
Iubirea-n ei dogoară,
C-am început să te îndrăgesc
Chiar de prima oară.

Cu glasul tremurând îţi spun
Deunăzi, că iubirea
Mă năpădeşte în ajun
Când îţi zăresc privirea.

Când ochii tăi îi văd sclipind,
Iubirea mă înconjoară;
Fiori şi fluturi mă cuprind
Şi inima îmi zboară.

CÂND CELĂLALT ÎȚI STINGE LUMINA

Ferit de lumină mă ascund în obscur,
Fără nicio speranță, fără nimeni în jur,
Cu tristețea în suflet și-o dragoste scrum
Încerc să fiu tare, să umblu pe drum.

Pe drumul cel molcom și plin de noroi,
Singur, pierdut în vânturi și ploi,
Încerc să ajung la mitul glorios
Al dragostei pure și fără folos.

Ajung în mocirlă și încerc în zadar
Să-i văd strălucirea o dată măcar,
Să-i simt nebunia iubirii în piept,
Dar în lumea cea oarbă nimic nu e drept.

Mă clatin pe drum și încerc să găsesc
Dragostea ta, căci mult te iubesc,
Încerc să găsesc sclipirea din noi,
Dar ajung într-un loc plin de nevoi.

Aici este-o noapte fără stele pe cer,
E o lume pierdută într-un vid efemer;
Aici este locul în care trăiesc
Și calea pustie pe care pășesc.

Mă împiedic de-o poartă ce nu are zar,
Ce-mi chinuie viaţa ca un coşmar,
Mă face să cred că tot s-a sfârşit,
Iar dragostea-ţi dulce, se pare, a murit.

LUCEAFĂR DECĂZUT

Inimă vrăjită în piept ţi-am sădit,
Copil fără mamă, te văd părăsit,
Te văd cum te legeni cu părul bălai
În timp ce te-ndrepţi agale spre rai.

Te văd cum te-mpiedici şi cazi printre nori
În lumea cea oarbă şi plină de flori.
Te-aud cum suspini, privind către cer,
Spre bolta cerească învăluită-n mister.

Cu lacrimi pe faţă te văd cum tresari
La contactul cu lumea asmuţită cu pari,
Te văd cum ridici mâna spre cer,
Dar între tine şi el... stă o poartă de fier.

Încerci să ajungi pe ceru' infinit
Te caţeri pe boltă, dar tot s-a sfârşit.
Încerci să ajungi iarăşi în cer,
Unde eşti rege, dar veşnic stingher.

Iubirea te-apasă tot mai în jos
Te-afunzi în pământul acesta mâlos.
Încerci să înoţi, plutind efemer,
Dar nu vei ajunge niciodată în cer.

Cerul cel negru pentru tine-a pierit
Căci ziua cea rece îndat' te-a-nghiţit.
Te-a izbit dimineaţa, ca iarna un ger,
Şi Soarele mândru ce arde pe cer.

Azi nu e noapte, azi nu e ieri,
Deşi se-nsereză, nici tu nu mai speri
Nu speri că vreodată vei izbuti
Nu speri că vreodată lume' ai iubi!

Din rege ce-ai fost, acum eşti sărman,
În lumea cea oarbă, fără vreun ban,
Pierdut printre oase ce imploră spre cer
Să-i lase să treacă de poarta de fier.

La poarta de fier baţi tu acum,
Însă aceasta se transformă în scrum,
Totul se pierde într-un nor bizar,
Iar inima ta se umple de'amar.

Neîncetat ai iubit ochii pustii,
Dar acum ai ajuns să nici nu-i mai ştii;
Ai avut nemurirea trăirii pe cer
Şi-ai ajuns între oameni învăluiţi în mister.

Iubirea de oameni te-a tras în jos,
Dar iubirea ta e fără folos,
Ai ajuns într-o vale, departe de cer,
Uitat, fără viață, cu un suflet de fier.

Luceafăr decăzut învăluit în mister,
Coborât printre oameni de-acolo din cer,
N-ai găsit ce-ai căutat,
Dragostea mare pentru care-ai plecat.

Acum eşti închis într-o lume de jar,
Umplută de ură şi plină de-amar,
Te gândeşti mereu la albastrul ceresc,
În timp ce devii tot mai pământesc.

Azi nu-i iubire, mâine e ieri
Deşi niciodată n-ai încetat să mai speri,
Mâine e azi, trecutu-i etern,
Iar locul tău e cu noi, în infern.

AŞTEPTÂND ÎN ZADAR

Glasuri târzii îmi cântă la fereastră,
Dar nu eşti tu; cum ai putea să fii?!
Privighetoarea mea măiastră,
Eu te aştept, dar tu nu vii!

Căldura ta o simt, dar ea mă-ngheaţă,
Mă trece un fior sublim,
Şi parcă în mintea mea e ceaţă,
Iar visu-n doi e-un acronim.

Parfumul tău îl simt de dimineaţă,
Dar nu eşti tu, el vine de la crini;
În curte florile se-nalţă,
La mine-n suflet, doar arini.

Sărutul tău pe buze îmi coboară
Şi parcă simt că mă desprind
De corpul meu ce parcă zboară,
De corpu-mi palid, suferind.

Şi nici nu ştiu dacă trăiesc
Sau este doar visare,
Oricum ar fi, eu te iubesc,
Căci inima-mi tresare.

Iubirea ta în noaptea grea mă lasă,
Lumina ei se pierde în pustiu.
La fel şi dragostea-ţi măiastră
Care se scurge-n ceas târziu…

În două lumi acum plutesc,
Pierdut în depărtare,
În amândouă te iubesc,
Dar însă, ştii tu, oare?

MINCIUNI ÎNTRE PEREȚI

Nu mai vreau să-ţi cred minciuna,
Nu mai vreau să mă răneşti,
Când arunci cuvinte întruna,
Când îmi spui că mă iubeşti.

Nu mai vreau să văd pe lume
Faţa tristă a acestei vieţi,
Nici ca lacrimi să inunde
Dragostea dintre pereţi.

Nu mai vreau să port în ceaţă
Dragostea şi dorul tău,
Nici nu vreau s-ajung de gheaţă
Cum e azi sufletul tău.

Nu mai vreau a ta iubire,
Nu mai vreau să mă răneşti,
Vreau ca dragostea din mine
Să dărâme'aceşti pereţi.

UN CUI BĂTUT ÎN AL LUMII DECOR

În arşiţa nopţii te văd cum răsari,
Dragoste acră, de ce nu dispari?!
De ce nu pleci de unde-ai venit,
Din inima mea, căci eu nu te-am poftit….

Ca stelele nopţii străluceşti dintre nori
Într-o noapte pustie fără culori,
O luminiţă ce pâlpâie strălucind în zadar,
Sufletul meu e la fel de amar.

Încerc să te-ating, dar nu e uşor
Căci bolta rotundă e ca un ulcior
Ce duce în el lacrimi de dor
Vărsate aievea în vechiul pridvor.

Degeaba încerc să mi te smulg de la piept
Să fac ce trebuie, să fac ce e drept
Să-ţi dau înapoi iubirea cu foc
Şi dragostea-ţi pură şi fără noroc.

În anii ce trec nu-i decât noapte
Cu vise pierdute spuse în şoapte.
Un negru bizar fără pic de culoare,
O dragoste surdă ce acuma mă doare.

Ca noaptea cea rece revărsată pe cer
E dragostea ta învăluită-n mister
Şi inima mea cuprinsă de dor,
Ca un cui bătut în al lumii decor…

ÎNGER ALBASTRU

Dragostea mea se scurge uşor
Încercând să-ți aducă ca un izvor
O apă limpede în care-oglindești
Petale albastre peste trupuri lumești

Mă uit spre tine şi încerc să găsesc
O silabă măcar să pot să-ți şoptesc.
Să-ți spun îndată ce-i în sufletul meu
Chipul tău e sculptat de un zeu.

Ca Soarele cald apărut dintre nori
Inima mea e o grădină cu flori
O iubire închisă într-un borcan de eter,
O dragoste pură învăluită-n mister.

Ca apele limpezi ce reflectă spre cer
Raze de soare strălucind efemer
E dragostea ta ca un castel
Şi inima mea ce locuieşte în el.

Iubirea ta pură în mine-a-ncolţit
Şi zâmbetul tău m-a cucerit,
Iar inima mea, odată în ger,
Arde ca Soarele cald de pe cer.

Cuibuşorul iubirii acum a înflorit
Peste cerul albastru mereu însorit
Oferindu-mi căldura după care tânjesc,
Înger albastru, ce mult te iubesc!

LUMINIŢA DE LA MONITOR

Rămas singur într-o lume în doi,
Mă închid ermetic în inima mea rece,
     parafrazând ideile altora,
Încercând să-mi găsesc o ocupaţie cotidiană,
     care să mă ducă pe culmile normalităţii.
Indiferent faţă de viaţă şi moarte,
     exilat pe veci în singurătate,
Port după mine o umbră neagră
     care acum îmi pare o povară,
O povară de care nu mai pot să scap.
Caut mereu rezolvare la unele idei
     nerezolvabile, răsărite ca un ghimpe
     în mintea mea obosită şi ieşită
     din tiparele normalităţii.
Abătându-mă mereu de la drum, mă rătăcesc
     adesea într-o lume tristă şi uitată de toţi,

O lume în care picurii reci de ploaie îmi sapă
     mormântul în care păşesc.
O lumină albastră pâlpâie uneori aducându-mi
     în inimă o scânteie de speranţă, un semn
     că poate drumul acesta duce undeva.
Dar de fiecare dată… drumul meu ajunge
     în acelaşi loc, ca un sens giratoriu
     în care mă învârt la nesfârşit.

TE CAUT, LUNĂ

Te caut aievea, te caut târziu,
Stea fără nume pierdută-n pustiu
Te caut în zi, te caut în noapte
Astru ceresc pierdut printre şoapte.

Te caut de-o viaţă, te caut mereu,
Iubirea mea dulce, doar ştii că mi-e greu.
Te caut, dar simt că cumva te-am pierdut,
Dar eu încă sper la un nou început.

Te caut pe cer, dar tu te-ai ascuns,
Te strig într-una, dar niciun răspuns.
Apoi te caut în sufletul meu,
Acolo ştiu că te găsesc mereu.

Închid ochii şi-mi doresc un miracol,
Numele tău îmi e scris în oracol,
Pe fiecare pagină, cu o altă culoare,
Mii de foi, fără nicio valoare.

Te caut confuz pe cerul de jar
Luna mea dragă, te strig în zadar.
Te caut de-o viaţă, dar nu te găsesc
Luna mea dulce, ce mult te iubesc!

TE CAUT, SOARE

Te caut în noapte, te caut în vis
Să fim împreună, aşa ne-a fost scris,
Te caut în vis, te caut în şoapte,
Dar cad în abis şi-n gerul din noapte.

Te caut pe boltă, dar tu nu apari,
Mi-e sufletul bocnă şi-aştept să răsari.
Te caut din clipa în care-ai fugit
De dragostea mea, tu, suflet iubit.

Te caut mereu în noaptea cea grea,
Dar te găsesc doar în inima mea,
Te caut şi simt că sunt în impas,
Singură-n noapte, eu am rămas.

Te caut în zori printre norii de fum,
Ce se înfruptă din sufletu-mi scrum.
Te caut mereu şi aştept să apari,
Lângă mine în noapte, iar să răsari.

Stele mici în jur strălucesc,
Dar pe niciuna nu mi-o doresc,
Doar ţie aş vrea să îţi şoptesc:
Mândrule Soare… ce mult te iubesc!

SOARE ŞI LUNĂ (DIALOG)

—Te văd pe boltă când răsar,
    dar tu te-ascunzi în noapte
Şi nu mă laşi să te sărut
    şi să îţi fiu aproape.
În apa mării vreau să pier,
    căci gândul mi-e la tine,
Dar orişicât aş încerca,
    tu nu eşti lângă mine.

—Când tu răsari,
    eu sunt deja departe
Şi luminez cu raza mea
    deunăzi altă noapte.
Când tu răsari
    în glorie şi lumină,
Eu mă târăsc pe boltă,
    în noaptea cea meschină.

—Pe cer mă-nvârt
    şi vreau să vin în noapte
Să te sărut şi să îţi spun
    iubirea mea în şoapte,
Cobor din cer,
    m-arunc în marea lină,

Dar mă trezesc cum iar răsar…
   nu-n noapte, ci-n lumină.

—În ziuă stai,
   eu stau închisă-n noapte
Ca într-o temniţă de plumb,
   îţi murmur multe şoapte.
Încerc adesea să te-ajung,
   dar eşti mereu departe,
Căci tu răsari mereu pe zi,
   iar eu răsar în noapte…

AŞTEPTARE

Iubita mea, în seara asta,
Eu văd doar stelele pustii,
Care se pierd în umbra nopţii
În timp ce te aştept să vii.

La Lună să privesc aş vrea,
Dar gândul mi-e la tine,
Văd numai frumuseţea ta
Şi-mi este mult mai bine.

Te văd sub pleoape sau visez,
Mă pierd adesea-n noapte,
Că-n vise sufletu-mi pansez
Când norii plâng în șoapte.

Din câte gânduri noaptea am,
O sută-s despre tine,
Dar parcă simt al sorţii hram,
Căci nu eşti lângă mine.

Clipele trec, se scurg uşor,
Și lacrimi în neştire,
Și sus la tine vreau să zbor,
Să fii a mea iubire!

Dar nu am aripi ca să zbor
Şi zorii sunt pe vine,
Şi simt în inimă-un fior
Căci nu eşti lângă mine.

Spre norii albi, pierduţi şi vii,
Privesc acum în zori de zi
Şi văd doar linii aurii,
Căci în zadar te-aştept să vii.

E NEVOIE DE VOI

Brăzdat de pluguri pe ogor
E-n astă zi al meu popor,
Şi parc-acuma simt că mor
Pierdut şi fără de-ajutor.

În ţara mea este război,
Dar presa face tărăboi,
Vorbeşte întruna de nevoi
Şi văd cum stăm ca nişte boi…

Bătut de vânturi şi de ploi,
Scăldat în ape cu noroi,
Am fost şi încă sunt cu voi,
Lideri pierduţi, ai mei eroi.

Sculaţi din morţi iar, printre noi,
Că ţara-i plină de nevoi,
Ce le-aţi lăsat în vânt şi ploi
Când aţi plecat de printre noi.

Pe Burebista l-am avut,
Doar Cuza poate l-a întrecut
Acum avem nişte idioţi
Care pozează în patrioţi.

SPERANȚA

Speranță!
Tu care pe toate le izbutești,
Ne faci să trăim și să ne iubim.
Dar eu nu te mai am în sufletul meu,
Căci te-am pierdut de mult.

Odată cu anii cei grei ai iubirii,
Oarbe și reci în calea împlinirii,
Uitată și tristă e inima mea,
Căci viața din mine se scurge și ea.

Speranța iubirii, ce ultima moare,
Arde în mine fără pic de culoare.
Speranța mea a ajuns la sfârșit
Și dragostea mea, la infinit.

OCHII TĂI

Iubesc albastrul cristalin
Ce norii îi alungă,
Dar tot mai mult privirea ta,
Ce poate să mă străpungă.

Iubesc acel negru curat
Ce noaptea îl aşterne,
Dar tot mai mult privirea ta
Ce inima îmi cerne.

Iubesc şi frunzele ce cad
În toamna cea pustie,
Dar tot mai mult privirea ta
Aleasă dintr-o mie.

Iubesc şi pomii verzi de brad
Ce-şi mişcă frunza-n dungă,
Dar tot mai mult privirea ta
Ce norii îi alungă.

CONTRADICȚII

Un clinchet lin
Mă cheamă dintre ramuri
Și-un bâzâit bizar
M-alungă-n depărtare.

Un vânt ce bate lin
Mă duce înainte
Și-un freamăt blând
Mă cheamă înapoi.

Și ca o papură
Mă-nclin bătut de vânt
Și ca o frunză cad
Când viața-mi e departe.

DOAR AMINTIRI

Amintiri născute din tristeţe
Se scurg încet ca un izvor,
Acum sunt numai frumuseţe,
Apoi sunt lacrimi care dor.

Te văd şi mă gândesc la tine,
Mă bucur de al tău fior,
Dar numa' umbra-i lângă mine,
Deodată simt că am să mor.

Plutind în vis te întâlnesc,
Şi râzi, şi plângi cu mine,
Dar eu tot singur mă trezesc,
În noapte fără tine.

Şi ştiu că îmi spuneai mereu,
— De lume nu îmi pasă,
Dar nici nu ştii cât e de greu,
Şi cât de mult m-apasă.

MASCA

Nu te ascunde-n închisoarea minții
De câte ori ești provocat,
Ca și cum cazi și-ncerci să ții cu dinții
Un vis ce nu e-adevărat.

Nu-ți mai ascunde fața după măști
Care dau bine-n societate,
Nu mai fi omul ce-l urăști
Desprins de realitate.

Nu te ascunde iar și iar
De firea ta blajină,
Nu fi un om imaginar
Cu inima haină...

Nu te mai îmbăta cu ani
În care-ai trăit în umbră
O viață-n fugă după bani,
O biată viață sumbră.

Nu te urca pe-un piedestal
Ce mintea îți subjugă
Și rupe-ți masca de cristal
Și nu mai fii o slugă!

Antoniu Sîntimbrean

Să fii sensibil e un dar,
Să ai inima bună,
Căci de eşti rece-i în zadar,
Şi viaţa-ţi e o minciună.

ZÂMBETUL DIN FOTOGRAFIE

Te văd în poze cum zâmbești
Și-ți cauți alinarea,
Dar ochii tăi cei îngerești
Își varsă supărarea.

Văd tristețea-n ochii tăi
Chiar dacă râzi în șoaptă
Și-ascunzi a inimii văpăi,
Dar viața nu e dreaptă.

Privești spre cer, privești în gol
Și gândul te înalță,
Dar dragostea e un simbol,
Cu inima de gheață.

URECHEA MUTĂ

Priviri apocaliptice se văd în ceață,
Păsări pierdute de-al lor stol,
Chipuri cioplite într-o piatră,
Actori ce nu se țin de rol.

Inopinate vieți ascunse de lumină,
Pierdute-n noaptea fără rost,
Cântă-n coruri de rugină
Că nu au nici un adăpost.

Neîmblânzite glasuri sunetu-și dezleagă,
Urechii mute nu-i e de folos
Din tot ce spui, ea nu o să-nțeleagă
Și vorba ta e spusă de prisos.

Încoronate plete lumea o înconjoară,
Ca un pește ce se învârte-n bol,
Cântând o piesă la vioară,
Pe scena unui teatru gol.

PARFUM DE PLUMB

Iubirea ta-i ca o țigară
Ce-ndată se transformă-n scrum,
O ploaie într-o zi de vară,
O floare fără de parfum.

Iubirea ta e ca o ceață
Născută din necunoscut,
E ca un prunc care învață
Să-i ceară mamei un sărut.

Iubirea ta-i ca o făclie
Ce luminează din trecut,
E ca o pasăre în vie
Ce între struguri s-a pierdut.

Iubirea ta e ca un spasm
Ce corpu-mi controlează,
Tu ești prințesa mea din basm
Ce viața-mi luminează.

Iubirea ta a fost măreață,
Acuma văd că-a dispărut,
Și chipul tău și a ta față,
Acum aș vrea să le sărut.

Iubirea ta-i acum de gheață,
O insulă cu mal abrupt,
Un codru-nvăluit în ceață,
Un țiuit neîntrerupt.

Iubirea ta-i o pernă moale
Care mă poartă în trecut,
O dragoste proptită-n zale,
Pierdută în necunoscut.

Iubirea ta e ca o vrajă,
O incantație ce o spui,
O scoică singură pe plajă,
Un cer pustiu, al nimănui.

Iubirea-ți e o nebuloasă,
Pierdut-n viața ce-o trăiesc,
În lumea asta ticăloasă,
În lumea-n care te iubesc!

Iubirea ta-i ca o țigară,
Inima ta e cât un bumb,
Un înger prefăcut în ceară,
O floare cu parfum de plumb...

UN NECUNOSCUT

Te cațeri pe perete zi de zi
Eu te dau jos, tu iar revii.
Eu te arunc din atriul vieții mele
Tu te strecori, mă lași fără putere.

Și te doresc, dar te alung
În suflet ace îmi împung,
Nu te mai vreau, te ocolesc
Dar tot în suflet te găsesc.

Te văd acum, mă trec fiori
Tu ești o rază între flori,
O rază pe care-o iubesc,
Un ciob cu care mă rănesc.

Mă trec fiori și frământări,
M-abat mereu pe vechi cărări,
Pășesc prin noapte făr' să știu,
Ajung adesea în pustiu.

Tu încă ești în gândul meu,
O umbră sau un curcubeu
Un vis frumos, un vis amar
Un vis aproape un coșmar.

Și simt că sufletu-ți de fier
E-o depărtare în care pier
Zâmbetul tău e un sonet,
Inima mea e un magnet.

Chiar de am fi de-același pol
Și între noi ar fi un gol
Nu aș putea să levitez
De tine să mă depărtez.

Plutesc aievea și îți spun
Că tot ce simt am să transpun
Dar tu în față ai un scut,
Eu sunt doar un necunoscut.

LUMINĂ ȘI UMBRE

Fascinantă și eternă e clipa fericirii
Atunci când se-mpletește cu razele iubirii.
Frumoasă și gingașă e viața noastră toată
Atunci când dragostea, splendoarea își arată.

Umbrită și uitată e calea ne-mplinirii,
Când sufletul nu-și scaldă în el seva iubirii,
Palidă și ștearsă e clipa despărțirii,
Când afli că n-a fost, în numele iubirii.

Lucioasă și albastră e flacăra iubirii
Când inima-și revarsă stropii fericirii.
Limpede și caldă e inima iubită
Când dragostea îți bate întruna la portiță.

Urâtă și nebună e viața cumpătată
Când dragostea exultă, ștearsă și amară.
Neagră și astupată e calea fericirii,
Când tu nu ai în față razele iubirii.

REVOLUȚIA FLORILOR

Rodul muncii de o viață
Cu transpirații și sudori,
Începe acum să renască
Făcând lumină printre flori.

Buruienile din vatra moartă
Apar deodată printre flori
Încercând să-omoare în fașă
Curcubeul de culori.

Ca molima ce-apare în viață
Răsare știrul printre flori,
Răsare loboda cea deasă
În locul mândrelor culori.

Nici Soarele ce ne dă viață
Nu mai apare dintre nori
Lăsând buruienile să crească
În lumea plină de erori.

Nici vântul ce împrăștie în ceață
Sămânța vie de la flori
Nu mai adie acum, nu-i pasă
Că lumea moare până-n zori.

SOLDATUL INIMII MELE

Când m-a apucat în noapte
Dorul acru și spurcat,
Tu de mine-ai fost departe
Am simțit că m-ai uitat.

Tu pierdut printre nuanțe,
Eu pierdută într-un pat,
Tu trăgeai pe front cu gloanțe,
Eu plângeam la mine-n sat.

Am în suflet doar durere
Și în inimă o stea,
Ce așterne doar tăcere,
Tu nu vii, dragostea mea!

Ești plecat pe front de-o viață,
Țara să îți protejezi,
Însă inima-ți de gheață,
Nu ai cum s-o mai salvezi.

Nu am vrut nici gând, vreodată
Ca-n război să te rănești,
Mi-am dorit să vii odată,
Mi-am dorit să mă iubești.

Tot ce-am vrut în lumea asta
A fost doar să te iubesc
Să te strâng o dată-n brațe
Peste ceruri să plutesc.

Nu e dor pe această lume
Sau floare să o iubesc
Așa cum te plac pe tine,
Doar la tine mă gândesc.

Te așterni ca o zăpadă
Pentru vară ești un chin,
Doru-ți este ca o spadă,
Singură, eu doar suspin...

Dragostea-i un drog pe lume
Ce în suflet îl sădești
Așteptând să facă roade
Ca în basme, ca-n povești.

CRISTINA

Eu îți spun iubita mea,
Pentru mine ești o stea
Zi de zi eu îți șoptesc:
„Doamne, cât te mai iubesc".

Zi de zi aș vrea să-ți dau,
Inima-mi fără să stau,
Nici nu trebuie să gândesc,
„Doamne, cât te mai iubesc".

Ești mereu la mine-n gând
Te văd în vise rând pe rând,
Te văd pe drumul ce pășesc,
„Doamne, cât te mai iubesc"!

Peste tot de aș putea,
Ți-aș așterne dragostea,
Toată viața ce-o trăiesc,
„Doamne, cât te mai iubesc".

Toată viața-mi luminezi,
Inima-mi emancipezi,
Vreau mereu să te privesc,
„Doamne, cât te mai iubesc".

SUFLETE-N EXIL

Sunt un înger exilat în infern
Cu aripile frânte de-o iluzie,
Cu ochii plini de lacrimi de sânge
Ce izvorăsc dintr-un suflet mort.

Sunt o văpaie uitată ce arde-n deşert,
Încovoiat şi strâmb ca un şiroi de ape,
Mă duc cu gândul spre o mare moartă
Care să mă arunce dintre voi.

Sunt un zmeu lansat, zburând fără sfoară,
Care priveşte de sus cu un suflet gol
La oameni trişti care numai coboară
În adâncul abis al inimii lor.

Sunt o lumină transformată-n umbră,
Un suflet trist, uitat şi gol,
O odă plină de tristeţe,
Un cocostârc ce n-are stol.

Sunt un simbol fără identitate,
Un biet actor fără un rol,
O ipoteză spusă-n şoaptă
Ca o pereche fără soţ.

Sunt un pescar căzut în copcă,
Lipsit de viață sau un scop,
O pradă acră pentru știucă,
Un om trezit din propriu-i somn.

CÂND IUBEȘTI

Totul începe așa de timid,
Dragostea parcă apare din vid
Și chipul tău pare uimit,
Dragostea este un infinit.

Dragostea este o viață în nori,
O grădină măiastră plină de flori,
O viață trăită într-o lume de vis,
Un nou început, un nou compromis.

Este o frunză verde dusă de vânt,
O promisiune făcută aici pe pământ,
Un nor de opal ce se vede pe cer
O inimă caldă învăluită-n mister.

Bucuria trăirii între pereți,
Un rol scris pentru doi interpreți,
O noapte trecută, aproape în zori
Un cer senin amenințat de nori.

O stea de pe cer ce s-a prăbușit,
Două inimi ce s-au iubit,
Asta este ce-o să primești,
Copile timid, atunci când iubești.

VÂNTUL IUBIRII

Timpul e un concept efemer,
Dragostea ta e un mister,
O povară ce-o port în sufletul meu
Acum realizez, e doar un clișeu.

Vântul rece îl aud strigând,
Tu ai rămas la mine în gând
Imaginea ta sculptată în lut,
Se-ntinde ușor după-un sărut.

Piedestalul tău stă înfipt în pământ
Sufletul meu s-a transformat în vânt
Și caut mereu dragostea ta,
Căci doar tu mă mai poți învia.

Ești o rază de soare ce arde în vis,
O floare de colț crescut-n abis,
O mică speranță în inima mea,
Cântecul care mă adormea.

Ca un vânt ce poartă norii pe cer,
Scuturând peste oameni zăpadă și ger,
Mereu mi-a părut că am greșit,
Iar sufletul meu e din nou răvășit.

Dragostea ta e o nimfă amară,
Un val de căldură ce din inimă-mi zboară,
Un curcubeu ce-apare după furtună
O mână întinsă ce din șanț mă adună.

E MULT PREA LIN

E totul lin, e mult prea lin
Când beau din cupe cu pelin,
Când vântul nopții adie lin,
Mult prea lin, mult prea lin.

Și gându' încerc să mi-l alin
Sub frunza care cade lin
Totul mi se pare-un chin,
E mult prea lin, mult prea lin...

Prin munți încerc ca să dezbin,
Priviri ce mă doboară lin,
Sub cerul nopții, cristalin
E mult prea lin, mult prea lin.

Și parcă linul nu e lin,
Și vântul nu adie lin,
Iar cupa nu e cu pelin,
E mult prea lin, mult prea lin.

NIȘTE ROBOȚI

Timpul poposea în coasta speranței,
    iar noi ne iubeam.
Ca doi copii care alergau înălțând zmeie
    pline de vise.
Ne cocoțam în varful vreunui castan și
    aveam impresia că putem observa lumea
    întreagă.
Soarele ne era prieten, iar Luna care
    strălucea în taină un confident
Inimile noastre erau sincronizate și fiecare
    secundă se scurgea de două ori,
Ca o rapsodie de primăvară care se repeta la
    nesfârșit,
Iar palmele noastre transpirau ținându-se
    deolaltă.
Păsările cântau parcă în armonie
    sincronizându-și notele
Picurii de ploaie cădeau ușor, nu să ne ude,
    ci să ne limpezească,
Iar în noi ardeau două văpăi albastre ca de
    opal și ne iubeam!
Dar acum…
Timpul trece parcă din doi în doi, câteodată
    din doi în zece

Zgâlțâind Pământul ca un marfar zgomotos
    care se grăbește spre miazăzi.
Vuietul orașului nu cunoaște nicio armonie,
    fiecare cântă pe nota lui.
Ploaia nu mai cade să limpezească, acum
    este deja murdară,
Iar Soarele nu mai strălucește prin fumul și
    praful ce ne înconjoară,
Cerul este cuprins de o perdea gri de fum și
    necaz.
Palmele noastre sunt aspre și pline de
    bătături și strâng în pumn o lumânare
Și nu pentru a ne lumina calea, ci pentru a
    ne plânge soarta.
Inimile noastre nu mai bat în sincron, a mea
    nici nu mai știu dacă bate.
Sufletu-mi rece încearcă să se încadreze în
    decor
Doar cate-o păsărică cu glasul ei de dor îmi
    mai strică armonia de robot.
Tresar pentru o clipă și dau să mă trezesc,
dar în secunda următoare mă culc și mă
    afund și mai tare în lumea asta fără
    vreun scop.

Gândurile nu mai sunt ca odinioară, acum
    îmi sunt străine
Ca un virus instalat printr-un click în
    fereastra greșită,
În mintea mea rulează imagini aleatorii, iar
    corpul începe să nu mă mai asculte.
Nu mai sunt eu în control…
Mă trezesc și am impresia că mi-am revenit,
Dar tot ceea ce fac pare programat dinainte.
Simțurile mi s-au transformat într-un
    instrument de feedback,
Acum le folosesc doar pentru ghidaj.
Am murit și m-am reîncarnat într-un robot,
Dar asta mă ajută să mă integrez.
Trăiesc ca și cum aș fi mort și mor ca să mai
    trăiesc…

TRĂIESC ACUM

Las în urma mea o pădure de gânduri
O încrengătură de vise, care mai de care;
Un milion de zâmbete și de lacrimi
Toate deja trecute sau trăite.
Evadez greu din închisoarea trecutului
Și mă arunc cu capu' înainte spre viitor,
Plutind ușor în prezent,
În taina trăirii clipei de-acum.
Trecutul îl percep ca o ancoră care mă
  împiedică să zbor,
Iar viitorul ca o nălucă ce mă ține înmărmurit
  pe loc.
Doar clipa de acum, ca glasul unui dimineți
Mă ține treaz, mă urcă și mă coboară,
  mă face să fiu viu.
Istoria este scrisă de faptele din trecut,
Ale unor oameni care au trăit în prezent,
În prezentul lor trecut,
Izolați parcă de timpul liniar și anecdotele lui.
Trăiesc fără să mă gândesc că acum va deveni
  atunci,
O altă ancoră sau un alt vlăstar înspre
  necunoscut.

Nu mă mai bucură gândul că voi avea,
Nici nu mă întristează ideea că n-am avut,
Mă bucură doar clipa de acum,
Ca un bujor înflorit care își varsă parfumul
    apoi moare.

OBLOANELE IUBIRII

Cât de mici sunt pașii ce ne duc spre cer?
Câtă suferință, doamne, cât mister?
Obloanele iubirii în minte ne sunt trase,
Iar inima ne bate aievea printre oase.

Și unde e rațiunea și unde-i cumpătarea?
Unde-i limpezimea și unde e iertarea?
Iubirea e un zâmbet ce strălucește-n ger,
O lacrimă ce șterge, un farmec, un mister..

Cât o să dureze zvâcnirile iubirii?
Când o să ne-nvelească lumina amăgirii?
Dragostei dintâi îi facem un castel,
Dar după-o amăgire o ducem la hotel.

Și unde e speranța de la început?
Unde-am ascuns povestea, unde ai dispărut?
În inimă se scaldă iubirea și uitarea
În mintea noastră crește deodată disperarea.

Și unde ne e capul cel de dinainte?
Acum suntem doar oameni, oameni fără minte?
Din lecția amăgirii poate am învățat,
Dragoste, iubire, nu e încuviințat.

ÎMPLINIREA

M-am rătăcit de-atâtea ori în ochii tăi căprui
Adesea uzi și visători, păreau ai nimănui.
În fața ta cea de cristal mereu încântătoare
Mă pierd în noapte de opal, mereu strălucitoare.

De mii de ori m-am întrebat, am căutat povață,
Cum pot ca să devin bărbat, să-mi fac un rost în
    viață?
Cum aș putea ca să răzbat în lumea mea
    meschină,
De câte ori m-am întrebat, cum e a mea regină?

Atâtea chipuri am văzut, dar toate trecătoare
Venite din necunoscut, lipsite de culoare.
Dar într-o zi pe la apus te văd din depărtare,
Nu mai era nimic de spus, iar tu ești răpitoare.

Din prima clipă am aflat, tu nu ești oarecare
În sufletul tău m-am uitat și am văzut o floare.
În ochii tăi ca de migdal se vede fericirea,
O clipă fără de egal, în care mi-am găsit iubirea!

DECEPȚIE

La tine-n suflet e răcoare,
În mintea ta este năduf,
Privirea ta-i o închisoare,
Iar ce te leagă un zăduf.

La mine-n inimă e foc,
În gânduri o-ncleștare,
Privirea ta fără noroc,
Apasă și mă doare.

Tu nu mai ești că la început,
Tandră, iubitoare…
Căci farmecul ți l-ai pierdut
Ești fără de culoare.

Și nu mai ești fata din nori
Iubita mea frumoasă,
Acum te-aștept să vi în zori,
Dar tu ai altă casă.

Cuvintele ce le rosteai
Erau o simfonie,
Acuma văd că mă mințeai,
Ca mine sunt o mie.

Și mă întreb ce le spuneai
La stelele printre șoapte,
Când altă umbră tu plimbai,
Prin parc târziu în noapte.

Și el credea că te-a găsit
Că ești prea-cuviincioasă,
Dar după un timp l-ai părăsit,
Căci ești o mincinoasă.

TOAMNA

Acum e toamnă și-i totul gri pe-afară
Săracii greieri cântă și tresar,
Vântul ca un crivăț suflă într-o doară
Iar frunze verzi, se usucă apoi dispar.

O vulpe stă pitită-n vizuină
Privind la toamnă cu un gust amar
Se ghemuiește și la cer se-nchină,
Dar ruga ei e spusă în zadar.

Sub bolta rece se aștern încet
Frunze ce cad inerte în neant,
Iar iarba se transformă în secret
Din verde viu, în maroniul delirant.

Nici ziua nu mai este zâmbăreață,
Acuma are un surâs murdar,
Iar diminețile-s învăluite-n ceață
Ce se propagă ca un nor bizar.

Pe cer este un Soare ce nu are putere,
Ce nu mai încălzește îndeajuns,
Căci norii umplu cerul de mistere,
Perdele gri ce nu sunt de pătruns.

Ziua se transformă ușor în noapte
Ca flacăra care se pierde-n fum,
Iar glasul verii se-aude doar în șoapte,
Încet pân' se transformă-n scrum.

Toamna-i un vid ce nu are culoare
O amintire din trecut,
Un sentiment care ne doare,
O cale spre necunoscut…

PRINTRE STELE

Din marea de lacrimi am pescuit,
Inima-ți dulce am cucerit
Sufletul tău ca un bol de cristal
L-am așezat pe un piedestal.

Dragostea ta e un infinit,
Ce arde pe cerul nemărginit,
Ieri erai o stea pe cer,
Azi o cometă învăluită-n mister.

Erai un un zeu nemuritor,
Al bolții de aur locuitor
O icoană pe care încercam s-o sărut,
Dar acum pe cer, tu ești pierdut.

De când ai ajuns și tu să iubești,
Te văd tot mai rar încercând să zâmbești,
Se pare că dragostea ce tu o porți,
Pe pământul cel rece nu are sorți.

Tu ești sus, un astru pe cer,
Pe bolta infinită un prizonier
Un pion pe o tablă fără culori
Pierdut într-o lume fără valori.

De vrei pe pământ să întâlnești
Fata pe care tu o iubești,
Să ajungi printre oamenii plini de culori,
Trebuie ca-n lumea ta să mori.

Nu poți să fii nemuritor,
În lumea oamenilor biruitor
Aici o să fii cu totul normal,
Cu-o inima vie, nu de cristal.

Înțeleg că la toate vei vrea să renunți
Stelele nopții vrei să anunți,
Că vrei pe pământ să trăiești și să mori,
Să fii îngropat sub o mână de flori.

Dar te rog să stai un pic să gândești
Poate că repede tu te pripești
Nu te-ai gândit la un aspect,
În lumea oamenilor nimic nu-i corect.

Te poți dizolva căzând între ei,
Noua viață îndat' să-ți închei,
Fata pe care tu o iubești,
Pe pământul cel aspru să nici n-o găsești.

Stelele sunt învăluite-n mister
Și nu sunt iubite pe caracter
Când ești pe cer tu doar sclipești
Și orice fată tu cucerești.

Fiind un om este mai dificil,
Strălucirea ta e ceva inutil,
Focul din piept nu o să-l mai ai
Scutul de raze pe care-l aveai.

Totul pornește de la început,
Ești pentru fată un necunoscut
Un ins dintr-o lume ce n-o poate avea
Căci inima ei e legată de-o stea.

Ce-ai putea tu pe pământ să-i oferi,
Cum ai putea de curteni să diferi?
Ea iubește o stea de pe cer,
Un astru sublim învăluit în mister.

Dar orice ți-aș spune o știu, e-n zadar
Tu ai fost mereu solitar,
O stea rebelă, cu propriul destin
Un băiat hoinar fără-un cămin.

Și steaua pierdută se preface în om,
O nouă făptură, un nou genom.
ADN-ul lui este la apogeu,
Nu este om, dar nu e nici zeu.

DRAGOSTE LA PRIMA VEDERE

Mi-am spus că e o fată oarecare,
Că în inima mea nu e nicio intrare,
Că sufletul meu este pecetluit,
Singurătatea eu am moștenit.

Pași mei se auzeau pustii,
Treceam printre oameni, dar nu erau vii
Fețele zvelte ce le întâlneam
Erau doar o mreajă ce o ocoleam.

Am spus că-ntr-o zi o să te întâlnesc,
Să îți spun că eu, nu te iubesc,
Că ești pentru mine o umbră-n pustiu,
O văpaie pe cerul deja cenușiu

Dar când te-am zărit m-au trecut fiori,
Cu păru-ți în bucle, ca niște flori,
Cu ochi tăi verzi, ca de opal,
Cu chipul tău dulce ca un cristal.

Mâinile reci, prin păr ți-ai trecut,
Privindu-mă ai văzut, un necunoscut,
O umbră de om ce a-ncremenit,
Pe loc am știut că m-ai cucerit.

Umbrele reci, acum au culoare,
Inima-mi bate, dar nu mă mai doare.
Tabloul ce-l văd, e îngeresc,
Și am realizat că deja te iubesc.

IUBEȘTI CEEA CE PIERZI

Când te văd, amintirile îmi par vii,
Tu m-ai uitat, nu mă mai știi.
Eu te visez și-acum în ceas de noapte,
Ecoul vocii tale îl aud în șoapte.

Tu nu mă vezi și-ți ies mereu in față,
Privirea ta îndată mă îngheață,
În ochii tăi eu sunt doar o ruină
Și nu mă vezi, dar cine e de vină?

Când mă vedeai, eu mă duceam departe
Când tu intrai, ieșeam pe altă parte.
Tu mă strigai în nopți cu lună plină,
Eu m-ascundeam, în lumea mea meschină.

Când tu plângeai în lumea ta de gheață,
Eu căutam, la alte flori dulceață.
Tu mă așteptai cu brațele deschise,
Băteai... la porți mereu închise.

Cu timpul însă m-ai uitat și asta-ți face bine,
Priviri și zâmbetul de azi, nu mai sunt pentru mine.
Tu ai plecat, trăiești o altă viață,
Iar eu acum am realizat că tu îmi ești povață.

TE JOCI CU INIMA MEA

Te joci cu inima mea,
doar că inima mea e de gheață.
Încerci să-mi cuprinzi trupul,
dar trupul meu e de piatră.
Vrei să-mi furi dragostea,
dar dragostea mea e otravă.
Sufletul meu e de gheață
ca o stalactita ce atârnă din înaltul cerului.
Un amalgam de minereu sărat și apă,
prea dură să curgă și prea moale să stea.
Ca o poartă întredeschisă între două lumi
care-ți permite să vezi, dar care nu te lasă să intri.
Un cerc care se continuă pe sine la infinit,
mulțumit cu propria-i speranță.
Un hoț care vrea să fure
ceva ce este deja furat.
O încercare de a umple un gol
cu un alt gol, mai dur și mai năprasnic.
Ca o noapte geroasă de Bobotează
în ajunul căreia roșul se contopește cu albul.
Ca o floare de mac pătată de opiul negru.
Plangi acum că mă ai
nu pentru că nu mă ai,
Căci avându-mă, realizezi că a mă avea nu-i totuna
        cu a mă dori.

Realizezi că misterul și căutarea sunt mai plăcute
    decât trăirea.
Că farmecul poveștii stă în suspans,
În căutare și-n dorință.
Acum că ne avem, realizăm că nu ne dorim.
Ne rănim și ne ocolim ca un vultur care își
    pândește prada în tăcere din înaltul cerului.
Ne spintecăm ca niște hiene lipsite de Dumnezeu.
Redevenim animalele care am fost adineauri,
Ca o lume care involuează.
Tac acum și las liniștea nopții care-mi cuprinde
    inima să vorbească.
Tu ai plecat, dar dragostea ta zace încă moartă
    în inima mea sărată
Ca o mare roșie care moare…
Vreau să m-acopăr acum cu marea de stele
Și să simt pe buzele-mi crăpate sarea,
Să mă înec apoi plutind ușor pe valurile mării
Încercând în taină să las totul uitării.
Dar mă trezesc mereu în aceeași mare,
O mare care moare de tine….o mare care moare
    de noi...

INIMĂ DE FIER

Pentru iubirea ta aş renunţa la mine,
Precum o omidă ce renunţă la cocon.
Aş trăi şi-aş zbura doar pentru tine
Şi inima mea ţi-aş aduce plocon.

M-aş îmbraca cu mare albastră de catifea
Şi te-aş privi cum te oglindeşti în mine
Şi de pe cerul de ceară aş rupe o stea
Să vezi cât de mult ţin eu la tine.

Buzele mi le-aş transforma în miere
Să te bucuri de ea când mă săruţi
Şi-aş izbucni ca un vulcan la a ta apropiere
Şi din lavă m-aş face munţi ca să nu mă uiţi.

Timpul nostru l-aş bloca într-o clepsidră de cristal
Şi-aş transforma-o apoi într-un infinit de iubire.
Inimile noastre ar fi legate printr-un portal
Şi ar comunica fără vorbire.

De m-ai iubi, m-aş transforma în ţărână
Să mă întind la poala ta când plang
Şi din lacrimile mele aş face-o fântână
În care apă vie am să-ţi strâng.

Dar fântâna ta ar fi mereu seacă
Căci doar de fericire te-aş lăsa să mai plangi.
Nicio clipă n-aş lăsa să mai treacă
Şi suferinţa din tine te-aş ajuta să-o-nfrângi.

Iubeşte-mă azi un pic mai mult decât ieri,
Şi-o mie de ani aş sta aşteptând,
Iubirea mea ţi-o dau făr' s-o ceri
Şi eu pentru a ta mă vei vedea luptând.

O mie de raze de-ar fi să coboare
Din cerul senin peste mine în noapte,
Nu aş lăsa nimic să omoare
Dragostea ta ce se aude în şoapte.

Ca un cer în noapte luminat de stele
E dragostea mea învăluită în fum,
O pânză neagră între zăbrele,
Un liliac ce-şi simte propriul parfum.

Aş vrea să trăieşti ca mine odată,
Să vezi iubirea de care îţi spun,
Şi noapte şi zi, totul deodată,
Dragoste-n suflet aş vrea să îţi pun.

Aș vrea sa mă iubești pentru o clipă,
Apoi să mă lași să mor,
Să uiți apoi că am fost o echipă,
Să uiți de propriul nostru amor.

Dar mă tem că inima ta e de fier,
Ca o poarta ce nu îmi e de trecut,
Ca o stea care cade din ceruri eu pier,
Și mă-ndrept agale spre necunoscut…

GLOBUL DE CRISTAL

Privesc în globul de cristal al vieții,
Fire cufundate în eter,
Și mă-nec cu roua dimineții,
Pierdut în lumea plină de mister.

Mi-e viața ca un fir de ață,
Un râu ce curge dintre munți,
Un far ce luminează-n ceață,
Un zmeu ce nu poți să-l înfrunți.

Cu firul tău, tu inima îmi coasă
Și-mi vindecă tristețea cu-n sărut,
Pansează-mi rana dureroasă,
Fă totul ca la început.

Ningea în globul de cristal,
Deși acum e vară,
Cu o zăpadă de opal,
Cu clipe, care zboară.

În globul de cristal al vieții mele,
Zăpada se transformă-n fum
Formând o mare de perdele,
Peste emoțiile de acum.

Ploua în globul de cristal
Și era ceață,
Plângea pământul ancestral
Nimic nu avea viață.

Cristalul prefăcut în gheață,
Se scurge seara în pustiu,
Ca inima agnostă-n dimineață,
Ce se căiește prea târziu.

Plângeau icoanele de dor,
Uitate pe un piedestal,
Departe într-un vechi decor,
În gloubu' albastru, de cristal.

CUPRINS